I

LE
FANATISME,
ODE.

A AMSTERDAM.

M. DCC. LXV.

L E

FANATISME,

O D E.

QUELS monſtres pour punir la terre
Le Ciel évoque des Enfers !
A ſa ſuite traînant la Guerre,
L'Intérêt vient forger nos fers;
Là Jalouſie, au front livide,
Précede la Haîne perfide;
Le Trépas ſuit l'Infirmité;
La Crainte engendre l'Artifice;
Le Soupçon, fils de l'Injuſtice,
Enfante l'Inhumanité.

Du moins ſi leur noire cabale
Vous déſoloit ſeule, ô Mortels !

Le souffle empesté qu'elle exhale
Ne monte point jusqu'aux Autels . . .
Sur ces Autels qu'il deshonore,
Quel Monstre plus terrible encore
Porte d'audacieuses mains ?
Sous ses pas quel abîme s'ouvre ?
Le voile sacré qui le couvre
Abusera-t-il les humains ?

Je vois sur le Trône adorable
De l'indulgente Piété,
Briller le sceptre inéxorable
Du Fanatisme détesté :
Habile à feindre des allarmes,
L'Ambition reçoit des armes
Des mains de la Crédulité ;
Et prêt à rentrer dans la poudre,
Le Peuple tremble au bruit du foudre
Qu'allume sa simplicité.

Aux tems heureux du premier âge
L'homme eut pour Maître son Auteur ;
Pour Loix, une Nature sage
Qui se fit entendre à son cœur.
Dans les piéges de la Licence
La foible & timide Innocence
Eût à peine trouvé des fers :
Prêtres * de Dieux qu'ils fabriquerent,
Soudain les Tyrans consacrerent
L'esclavage de l'Univers.

Aussitôt le Peuple sans peine
Baise la main qui l'a dompté,
Et chacun croit voir sur sa chaîne
Le sceau de la divinité :
Bientôt du Midi jusqu'à l'Ourse,
Ce fleuve rapide à sa source

---

* Ninus, après la mort de Belus son pere, lui fit
rendre les honneurs divins, & fut le premier Prêtre
de son Temple.

S'accroît par de nouveaux torrents ;
De leurs égaux devenus maîtres,
Quand les Tyrans ne font plus Prêtres*,
Les Prêtres fervent les Tyrans.

Prefque au niveau du rang fuprême,
Leur rang eft trop bas à leur gré :
Bientôt l'orgueil du diadême
Fléchit fous le trépied facré.
A leurs foudres toujours en butte,
Bientôt pour prévenir la chûte
D'un fceptre déja chancelant,
Confondu dans la foule obfcure,
Le Prince aux pieds de l'Impofture **
Court fe profterner en tremblant.

---

* Les Succeffeurs de Ninus abandonnerent à des Prêtres qu'ils choifirent le culte des Autels de la nouvelle Divinité.

** Initiation des Rois Égyptiens ; éducation des jeunes Princes, confiée aux Prêtres.

Il n'eſt plus déſormais de digues
A vos projets ambitieux,
Prêtres, de vos lâches intrigues
Recueillez les fruits précieux...
Craignez-vous qu'un œil téméraire
Oſe percer du Sanctuaire
Le labyrinthe redouté ?
Eh ! forgez contre le perfide
Un Dieu * que vous ferez avide
D'un ſang juſtement déteſté.

Il faut l'étai de l'ignorance
Au Trône fondé par vos mains :
Mais dans une éternelle enfance
Sçachez retenir les humains ;
Ici, par une vie auſtere **,
Aux yeux du crédule Vulgaire

---

* Sacrifices de Saturne, Moloch, &c.

** Bramines, qui ſe font attacher à des arbres dans des attitudes qui révoltent le bon ſens & l'humanité.   A iv

Achetez d'éternels plaifirs ;
Et là brûlant d'un feu cynique * ,
Joüiffez du tribut inique
Offert à vos honteux defirs.

Proportionnez aux lumieres
Des efclaves de votre Loi
Les erreurs plus ou moins groffieres
Que vous offrirez à leur foi :
Tantôt qu'un ftyle énigmatique * *
D'une abftraite métaphyfique
Obfcurciffe encor le cahos ;
Et tantôt des Royaumes fombres
Faites fortir avec les Ombres
La Peur qui forme les dévots * * *.

---

* Privilége des Fakirs , dont les embraffemens
honorent les femmes à qui ils veulent bien accorder
ces faveurs , même au milieu des rues.

* * Hiérogliphes Égyptiens.

* * * On ne confondra point cette Peur à laquelle l'im-
bécillité payenne érigea des Autels , avec cette crainte
falutaire qui eft le commencement de la fageffe.

O D E.

Mais toi, Rome, dont le courage

Afpire à dompter l'Univers,

Au fier ennemi qui t'outrage

Qu'attends-tu pour donner des fers ?...*

Immole un indigne Miniftre

Qui par cet augure finiftre

T'infpire un ridicule effroi ;

Et frappé du coup magnanime

Que porte un bras vengeur du crime,

Le Monde entier fubit ta loi.

Non par les armes du Scrupule

Ils ont fubjugué tous les cœurs ;

Tout eft peuple, tout eft crédule ;

Tout cede à de vils impofteurs :

Si les flambeaux d'une Mégere

N'épouvantent que ce Vulgaire

Prefqu'abruti par fes travaux :

---

* Il falloit que les poulets facrés mangeaffent de bon appétit pour qu'on ofât livrer une bataille.

L'ivreffe du Patriotifme *

Eft dans les mains du Fanatifme

Le reffort qui meut les Héros.

Mais de ces fiecles de ténébres

Pourquoi retracer les horreurs ?

Quels objets encore plus funébres

M'offre ce fiecle de fureurs ?

Voyez la France en cent batailles

Déchirer fes propres entrailles,

S'immoler fes propres Guerriers ;

S'enorgueillir du privilége

De couvrir fon front facrilége

Des plus déteftables lauriers.

Par la bouche de fes Miniftres **

L'Éternel a dicté fes loix ;

---

* Curtius , Décius.

** On ne fe rappelle point encore fans frémir les maximes horribles dont retentiffoient alors tous les Temples.

En vain à ſes arrêts ſiniſtres
La Nature oppoſe ſa voix ;
Que tout s'arme pour ſa querelle,
Vengez-le d'un Peuple rébelle
Dont l'erreur oſa l'outrager ;
Faites ſervir à votre rage
Le feu, le poiſon, le carnage :
Tout eſt permis pour le venger.

* Ainſi, de l'ingrat Mercénaire,
Le Maître expire ſous les coups ;
Le Frere aſſaſſine le Frere,
L'Épouſe dénonce l'Époux :
Du malheureux ** que ma furie
Fait à mes pieds tomber ſans vie,
C'eſt peu d'avoir percé le flanc ;
Dans ſes entrailles palpitantes

---

* Maſſacre de la Saint Barthelemi.
** Cadavre de l'Amiral de Coligny, jetté par la
fenêtre & foulé aux pieds.

Il faut que mes mains dégoûtantes
Cherchent le refte de fon fang.

Faut-il encor d'autres victimes
Pour affouvir cette fureur ?
Oui, que de plus illuftres crimes
En éternifent la terreur. . . .
Vois, mais adore, humble Vulgaire,
C'eft du milieu du Sanctuaire
Que part le funefte fignal. . . .
C'eft enfin fur l'Être fuprême,
Dans fon Image, fes Oints même *
Que porte le glaive fatal.

A mon refpect pour ce faint Temple
Où vous prêchez l'iniquité,
Fourbes facrés, que j'y contemple,
Vous devez ma crédulité :

---

* Affaffinat d'Henri III & d'Henri IV.

Mes attentats font votre ouvrage;
Trop tard je frémis du langage
Des Miniſtres du Dieu de paix ;
Ce Dieu dont l'équité févere
Punit une faute légere ,
Peut-il m'ordonner des forfaits?

Sous des traits, dont enfin s'irrite
Mon cœur de remords combattu ,
En vain votre bouche hypocrite
M'offre un fantôme de vertu . . .
Étrange & barbare Sageſſe ,
Qui vois une indigne foibleſſe
Dans ce juſte retour du cœur ,
Tu n'es qu'une affreuſe impoſture ;
Au cri perçant de la Nature
Ceſſe d'appoſer ſon Auteur.

De tant d'horreurs du Fanatiſme
Purgez le culte des Autels ,

Brifez les fers du defpotifme
Dont il accable les Mortels :
Contre une Doctrine nouvelle,
Prêtres, fignalez votre zele,
Faites-en fentir le poifon ;
Mais c'eft affurer fon Empire
Que d'employer pour le détruire
D'autres armes que la raifon *.

---

* *Rationabile fit obfequium veftrum.*

F I N.

www.ingramcontent.com/pod-product-compliance
Lightning Source LLC
Chambersburg PA
CBHW061742180626
46818CB00006B/2706